「猫」と云うトンネル

短詩集

時間

探せばどこにでも空はあって
毛虫は葉っぱをかじりながら
経過するものを全身に感じる

街

既視感《デジャヴュ》の塵によっていつのまにかつくられる
「生きる仮定」と呼ばれる線で輪郭《かたち》が生まれ
そこにさまざまな音楽が鳴り響くこともある

色彩《いろどり》とは他者の繊細な「生」に接続すること
詩人は恋人へ贈る詩句《リリック》を風呂の中で口ずさむ
画家はちいさないきものを描きながら老いて
料理人は舌の上で世界の鮮度を転がしている

「自由《不自由》」と名付けられた広場には鳩が群れる
珈琲の香りを嗅ぎながら猫はぼんやり生きる
太陽の位置から光は生と死を穏やかに照らし
いきものは「窩《あな》」の暗さの中でも希望を語る

時間が夕日に溶けて一日の中でおわってゆく
街の灯りがいきものの悲しみの位置を照らす
窓の外に見えている世界をあなたは愛せるか

未完の塔

光の来歴が建築の闇の奥で輝くと
永遠に完成しない精神は直立する
長い時間を経て濾過された苦悩よ
いきものの慈悲《寛容》へと変わり給え！
素朴な祈祷《いのり》が空の胎内《おなか》に光を宿す

生まれ変わりを断わられた者への手紙

暗闇に細い光の文字を彫り続ける幽霊《ゴースト》
明るさから遠く離れた場所で息をして
暗さにはなかなか慣れることができず
あなたに再び「好き」と伝えるために
貧しい光の恋文に息を吹きかけている

鹿

「生」の輪郭《かたち》が曖昧なまま生きている
舞踊家《ダンサー》の鹿は足裏に死者の言葉を刻む
魂を削るために肉体を地上につなげて
何とも、つ、な、が、ら、な、い、自、由、へと飛翔して
いきものの苦悩をおどりへ転生させる

凸凹

おばさんからの手紙
ヘラのようなもので
凸凹の世界を平らにできたとして
凸凹の心がみんなに残るでしょう

凸凹の心を平らにしようとしても
あなたの「生」はこばむでしょう
あゝ　凸凹の少年少女は土まみれ
凸凹の丘を駆け回って遊んでいる

かけがえのない凸凹
ヘラのような、、、、ものので
凸凹を平らにして喜ぶのは誰か？
明るくて寂しい顔をしたおばさん

凸凹の丘の少年少女は泣いている
大事なものをうしなってしまうよ
おばさんの凸凹の文字はほほえむ
あなたの「生」はどこへ進むのか

冥府の蜆

拾われて洗われて煮こまれて死ぬ
湯加減を尋ねる猫の声に煽られて
蜆「いい出汁《ダシ》が出ると思います」

夜の奇蹟

青色の電燈《ランプ》の下で皆は何を考えているのだろう
見落としてきたものが窓の対岸《むこう》に浮かび上がり
幽霊《ゴースト》は闇の中に僅かな光（死ねない光）を掬う
すべてが曖昧なままで既視感《デジャヴュ》の風景を通過して
老猫の唄が車輌に響くと列車は暁闇へと向かう

「猫」と云うトンネル

時間はただ経過する。
吉田健一『時間』より

トンネルが入っています　とても長い
（箱の中身は何ですか）
井坂洋子「箱入豹」より

そして混沌が降ってくる
いやな天気である

黄昏から夜へと時間は吸いこまれるように長いトンネルに入った
あなたを乗せた列車は吸いこまれるように長いトンネルに入った
車輌に設置された青白い電燈《ランプ》が時間をやさしく照らし出している
そのように平凡でつまらない描写《スケッチ》から詩は生まれてくるのだろう
これから起きることは既に起きたことだとやがて知ることになる

消滅した後に残る魂
それをどこにあずけたらよいのだろう
猫の店主がいとなむ喫茶店《カフェ》“ambarvalia《じゅんざぶろう》”
珈琲が運ばれてくるまで彫刻家《光と影の作者》の犬は
石造りの椅子でパイプを咥えて考えている

日当たりのよい縁側でうとうととしている猫

まるくなって気儘に好きな本を愛でている
紙の匂いを嗅いでいるうちに眠ってしまう
たっぷり睡眠《ねむり》をとることは重要な仕事です
自由な夢想を許してくれる書物を枕にして

何もしなかった一日
太古の歌謡《うた》が誰かの声によって現在《いま》に息吹く黄昏
時間の色彩と変化《ヴァリエーション》について語られうることの考察
「考えている途中だ」とそのひとは猫たちに云う
玉虫色に輝く魚の群れは夕焼けの彼方へと去って

比喩は
ただ風のように吹き
ただ雨のように降った

時間の外側に位置する休憩室
犬のアレが神様の自伝『神です』を書いている
参考文献もおやつも一切あたえられない環境で
神様が語ることをお互いが疲れるまで記述する
「あれってほんとですか？」と禁句《タブー》まで発して

こわれてしまった世界に笑いながら浮かぶ街の平凡な風景
粉々になった魂が自分の破片《カケラ》を拾い集めて困った顔をする
絶望のちからがほんとうに強くてつぶれてしまいそうです
「存在」と云う言葉に救われたことがあったかもしれない
猫たちが路上で誰も笑わないコントを真面目に演じている

青の遍歴《残像》

かつて海であったものがつつましく水道管を伝わってゆく
人類がはじめて海洋への旅立ちを決意した朝に黙礼をして
太古の波音《サウンド》に耳をすませて少年の渇きを満たす一滴となる
彼女はやがて故郷に戻ることをあらかじめ告げられている

惑星が羊の内部《なか》で見る夢
暗い森の入口に老いた白ウサギが立っている
計量することが不可能なものへの接近と畏怖《オソレ》
懐中時計を取り出して「時間がない」と嘆く
あなたのヒゲはきっと時計の針なのでしょう

愚かさを愛する
愚かさを大切にして
愚かさを手放さずに生きてゆく

文章工場

上官（猿）からの指示で定型文を無感情で筆写《トレース》して
見知らぬ他者が感動してくれる文章《生きる希望のようなものを単純なフレーズによって喚起するような》を生産してゆく
文章の成立《なりたち》や意味について決して考えてはいけない
「幽霊《ゴースト》がわたしのペンを握っている気分です」と猿

哲学猫

朝は寝て昼は書棚に一日中見惚れることが仕事です
「いい加減お仕事をしてください」と妻
夜はさみしがり屋の先祖に首輪をつけて鈴を鳴らす
暗鬱な世界をパッと明るくするのが哲学の仕事です

こわれたガラスのくもりで

あなたが奏でている世界は誰のために存在するのか
こわれたガラスのくもりで
永遠に上映されない映画《シネマ》の主人公はあなただろうか
さみしさを反芻しながらあなたは充分に老いている

猫と芸術作品が激しく接する時代錯誤の画廊の午後
価値の創造？
少数者《マイナー》が愛好する作品を集めてドヤ顔をする蒐集家《コレクター》
少数であるだけで礼讃される時代は既に過ぎました
明るい部屋で猫は無関心な放尿《おしっこ》を浴びせたりもする

すき
きらい
猫の尺度《ものさし》はそれだけである

庭先の梢で鳥が円《まる》をゆったりと描くように鳴いている
「考える孤島《あるいは孤立の作法》」と呼ばれる書斎
文章が書けなくなったことについて執筆をする哲学猫
石臼をひきつづける古代猫（年齢不詳）からの教えで
文章が書けてしまうことへの疑いを手放さないでいる

読みにくさが成分となっている温泉に浸かって旅の猫は浮いている
古代を描く『悲劇《影絵》』と云う題名《タイトル》の小説を犬が旅籠屋《ホテル》で執筆している
明確なテーマを設定して読者に飽きがこないような仕掛けをつくる
補助係《アシスタント》の猫と共に小説に必要な素材を収集するために庭を駆け回る
様々な技法《わざ》を駆使しながら言葉が物語になじんでくるまで推敲する

星になった友達から久し振りに手紙が届く

あなた《ある一つの》が
あなた《たった一つの》を回復することが許されている部屋
何もしないでただぼんやりとしていること
やる気のない猫にも時間は正確にながれる

謎めいた空間《スペース》の闇に
テナガザルのように
ぶら下がっているもの
その正体を確かめようとして
死ぬこともある

（死ぬこともある）

冥府の空気が光と接して火花《スパーク》を散らせる無人駅《ステーション》
列車は乗客たちの既視感《デジャヴュ》を担って通過してゆく
隣の席に座った青の紳士が自己紹介《とわずがたり》をはじめる
「わたしは生きることとの絶対初心者なのです」
光と闇が軽妙に瞳《め》の中で交わっては離れてゆく

光に関する記述をはじめる
捨て去ったものが戻る頃には周囲《あたり》は暗くなっている
涙の痕跡《あと》がにじむ手帖が闇の奥底から浮かび上がる
それが灯火《あかり》となってうしなったものを明らかにする
まばゆさの中に光は存在していないのかもしれない

「窩《あな》」の発生

この世で最も長いトンネルが今日も掘られている
追いかけられていると感じた時から闇は深まって
モグラたちは猛スピードでトンネルを掘り出した
冥府の空気に「芯」を奪われてその先へとすすむ

光をうしなって落下した葉が魂に重力をあたえる
猫たちが並んで月を眺める川沿いの屋台「笹舟」
死んだ友達と酒を飲みながらくだらない話をする
神様は「そろそろ引退ですが……」と前口上して
ゆれる月を見ながら風に気持ちよく吹かれている

（魂《ヒアシンス》の草稿）

ココガイツノジダイナノカ
ハッキリワカリマセンガ
ムイミデツマラナイモノニモ
ヒカリハアテラレテイルノデシタ
ハッピーエンドデハナイカモシレナイケド

世界と背中を合わせてそそがれるまがまがしい光
深い沼の底でにくしみがやぶれるほどふくらんで
「禍」の文字が刻まれることを期待する者もいる
すべてをうしなう代償について議論するエビたち
生きていると気がおかしくなりそうなことがある

鉄砲屋たちは休憩室で戦争《ヒキサク》のことばかり愉快に語り合う
生活の中で魂がポキっと折れる音が決定的な合図である
ぐじゃぐじゃの混沌が脳に入り混じって「渦」に呑まれ
「ほらよ」と渡された鉄砲で理由《わけ》もなくいきものを撃つ
戦争《ヒキサク》とは論証不可能な発熱を呼びこむ装置のことである
表皮《かわ》をめくって厳粛な表情で「芯」の奥へもぐる

長い廊下をすすむと炬燵が据えられた部屋に出る
風邪気味の猫がお辞儀してあなたを迎えてくれる
これまでの「生」を要約した映画《シネマ》を共に鑑賞する
「生涯はたった一行の終わりなき反復《リフレイン》なのです」

雷鳴《光の亀裂》によってひとが自らの幽霊《ゴースト》を確認する時刻《とき》
修理屋の犬は自分から頼まれた仕事に没頭する
昼夜を跨いで傷ついている記憶《フィルム》を修復する作業
こわれると思っていなかったものがこわれると
こわれないと思っていたものが簡単にこわれる

（少し距離があるだけだ）

光の中で
ふざけあって喧嘩して反射して正直に直進して
誤解して屈折してゆらゆらとゆらめいていた頃
地上のすべてからときはなたれたと感じていた
その錯覚を無心に祝福する時間が存在していた

下手な詩を延々と書く苦虫を嚙みつぶしたようなライオン
満たされない心から生じるかゆみをうまく表現できません
文房具を器用にあつかえても言葉を上手にあつかえません
そういう星の下に生まれたライオンだと考えているのです
偶然にライオンに生まれただけだと開き直っているのです

主人公が物語の途中で「やめます」と役割を投げ出して
「まがいものでつくられているのが嫌いな性格《たち》でして」
ページの奥にある光と闇の余韻《ふるえ》の中に静かに消えてゆく
書物はとまどいながらもあなたの貴重な一歩を祝福する
物語の外側で自由を満喫するあなたをイメージしながら

車輛には表情をつくることのできない幽霊《ゴースト》たちが乗車して
いつ死んだのか曖昧な幽霊《ゴースト》の手帖から砂がサラサラこぼれ
これから生まれる者は闇の中で砂がこぼれる音のみを聞く
光の記述をつづける書記（猫）の文字がゆっくりと消えて
さみしさが両瞼《まぶた》に溜まると理由《わけ》もなく泣いてしまうのです

（魂《ヒアシンス》の草稿）

チイサナワタシガ
ジブンノスガタヲカクニンスルコトガデキタ
オイワイナノデス
キットイツカデアウコトモアルデショウ
キットイツカデアワナイコトモアルデショウ

珈琲（微量の光が含まれている）を飲むだけの一日
粗末な手帖に明け方思い浮かんだ詩の断片《きれはし》を記した
悪意のない騒音が街の景観を変える合図だと知って
骨董のような肌触りのする喫茶店《カフェ》を急いで後にした
百年前の今日のできごとである

売れない漫才師の苦悩
難解なギャグが理解されないことに猿たちはもだえ苦しむ
音だけで伝わりにくい漢字を使った言葉が多いからかなぁ
ひらがなに変換してもあなたたちの自己満足《ひとりよがり》は健在ですよ
笑わせることを見失ってやりたいことを百年間やっている

つながらないことを選択した猫

つながることがすべてではない
つながる時はきっと閃光を放ち
一瞬でとだえてほろびるだろう
そんな迷信のようなことを想う

生命《いのち》そのものが暗闇の中で虐待の歴史を途切れそうな声によって語ること
(誰からも愛されていない)
あなたは照明《あかり》のない空間《スペース》に閉じこもって他者との交流《コミュニケーション》を全く絶やしている
直接的にあなたの傷を癒やすことはあなた以外にはできないかもしれない
贈り物《プレゼント》を受け取る時に微笑むことができるように練習をはじめる熊がいる

ある日名前をあたえられる
そしていつもの道をたどる
何もしなくてもあなただよ

彫られる度に光
「あなたは誰？」と質問者に執拗に問われながら
工房《アトリエ》の隅で彫刻たちは未完成のまま微笑んでいる
生まれてくることをまだ許されていないのだろう
一体一体に吹きこまれる魂が風の廻廊で待機して

暗い車窓から光と闇が交差する光景を眺めている猫
遠い街では今日も誰かがゴドーを待ちながら死んだ
不条理が溶け込んだ珈琲を飲みながら眠気を催す猫
列車が出発してからどのくらい時がながれただろう
計量できる時間が支配する世界から遠く離れてゆく

顔のないものたちがニーッと歯茎をむき出しにしていつまでも笑う

鉄条網の中で目隠しされて袋に入れられて一晩中殴られて殺された
幽霊《ゴースト》を乗せた列車があなたのいる駅をゴオゴオと唸って通り過ぎる
辺境の地で殺された兵隊の肉体ににくしみのようなウジがうごめく
なくなったものを懐かしむようにいつまでも原っぱでさがしている

誰かがあなたの名前を呼ぶまで出られない迷宮
いつどうやってまよいこんでしまったのだろう
何もわからないまま見えない椅子に凭れかかる
あなたはガラスの絨毯に灰として撒かれている
何度も死のうとした日のことを死後に思い出す

血のような卵が
食卓で
あなたが生まれるのを待つ

血のような卵の内部《なか》
登場人物一覧にあなたの名はまだ記されていない
生まれてくることをまだ許されていないのだろう
ながせない涙をいつかあなたがながすまでの記録
教室にはたった一つの埋められない席が残される

行方不明の世界を探すために
カタツムリの丘にある図書館に出かける猫たち
あらゆる書物のページを注意深くめくりながら
「世界はおそらく元気です」と結論《まとめ》
錆びた時計の針が夜のつめたさを正確に告げる

奇妙な二人組《カップル》が透明なロバに跨って

「永遠を探し当てる」と宣言して冒険へと旅立つ
物語作家の猫によって企図《創作》された旅路《ルート》をたどって
旅の途上で出会う歳月のない幽霊《ゴースト》たちとまじわる
空の彼方から死児のよだれがゆっくり垂れてくる

かつておこなわれた戦争《ヒキサク》でほろぶことから逃れて
屍肉をむさぼるほどにやつれた敗残兵《まけいぬ》を描く画家
おかしくなった感情を筆先に冷静にそそいでゆく
皮膚の奥をかきむしるような夜を乗り越えながら
魂はただ反響《エコー》する

（起こさないで）

花の名前がつけられたちいさな建物《ハウス》
深い孤絶によって自らを成立させている猫がいる
弱さと貧しさを魂の支点《ささえ》として自由に生きている
おしだされるようにしてなきながらうまれてきた
花の名前を忘れてじっと色や香りに見惚れている

手紙にあなたを書いて
わたしはあなたになる
あなたの息に同期して
あなたの声に同化する
自分と世界の間の等号《イコール》

犬たちは飛行船に乗って詩を創作するための旅をはじめる

イメージが脳の泉から湧き出してくるような瞬間《とき》を求めて
はるか昔に孤独だった先祖の「芯」にぴったりと寄り添う
「なぜ詩を書くのか？」と記者に問われてワン、ワン、と応答
一斉に首輪を投げ捨てると地上の猫たちに丁寧に会釈する

輪郭《かたち》のようなものが曖昧なまま
頭にぼんやりと浮かんでいる時
あなたは言葉を欲し過ぎている
定義することにとらわれている
何も考えずに珈琲を飲む時間だ

長いトンネルの中で
ほんとうのこ、と、が、
世界が凍るように語られている

暗い車室のいきものたちは自分がなぜここにいるのかをわからないままでいる
「わたしは猫です」と述べるだけでは自分の解説として不充分と考えている猫
わかりやすく伝えるためにうしなってしまうものについて正確に話そうとする
記憶の内部《なか》にある言葉の房の感触が以前《まえ》と随分異なっていることに驚かされる
ただここに在るために牛乳瓶の縁《へり》を無心で舐めながら猫は言葉のことを忘れる

ありきたりな喫茶店《カフェ》で凡庸な男が売れない小説を執筆している
親しい猫に「どう生きればいいか」と平凡な悩みを提示すると
「では、あなた自身についてお伺い致します」と猫は問い返す
四百字詰め原稿用紙一枚に綴られた屏風の落書きのような一生
珈琲を一気に飲み干し一呼吸置いて売れない小説の執筆に戻る

意味の重量《おもさ》が消えた郊外の狂気が入り混じる空地

犬たちは魂が抜けた死体を一生懸命運搬している
「遠隔操作されて生きているのが辛いです」と犬
いつどこからどのようにうまれてきたかわからず
役割を固定されて時々引き攣って笑うこともある

誰かが死んだ真夜中に雪はしんしんと降り積もる
雪は死者の魂を鎮めるような水になるのだろうか
いきものの内部《なか》に秘められた色とりどりの悲しみ
やがて色彩《いろどり》は「芯」の奥で個性をうしなってゆく
「純」と云う言葉の閃光が結晶の奥で輝きを放つ

（中断としての草稿）

ここだけが生きている場所で
うつくしく呼吸しているのがわかる
心地よい場所にあなたを招き入れて
猫はそこでゆったりと呼吸している
多数の窓は拒絶のために閉められていて
人口の多い街でも生きているひとの気配は少ない
生きていると
にごることも少なくないが
どのようににごっても心配はいらない
にごりがやがて澄んだ水となって
川として
ながれる
風が吹く
あなたはぼんやりとそこに立っていて
ここでは言葉はそれほど重要ではない

あなたがつくることのできないものが
あなたに無償で配布される
あなたはそれをよろこんでいればよい
意味を追いかけることはむなしいから
あたえられたものを
「かわ」と呼んだり
「かぜ」と呼んだり
そして後は身をまかせて
飽きるまで吹かれていればよい
川がながれる
風が吹く
ここだけが生きている場所で
うつくしく呼吸しているのがわかる

雲はからだをのばして
青空の喉をなでながら
この世界が完璧な文章になるまで推敲をくりかえす

夏

水車小屋
ただぼんやりと空を見ている
吹いている風が語りたいこと
それを知るまで吹かれている

短いと知りながら生まれてきた
猫は大切なことをメモ帖に書き記して生きている
郊外の廃屋で朝・昼・晩をぼんやり過ごしている
心にのこることなんてほんとうはないのだけれど
光についての探究《てさぐり》がそそがれた書物を丁寧に繙く

文章《プリズム》

死んだ犬が知らないひとに引用されている
澄んだみずうみのほとりでくつろいで輝く
たとえほろんでも再創造されることを祈る
五郎の鼻先をやさしくなでていてください

晴れた日に坂道をくだりながら
この世界に留まる必要がないことにおびえる
文章を書いては消すだけの幻燈のような一生
青空から誰かの血のように滴り落ちるインク
「夜はおいしいものを食べることにしよう」

空が雲を笑わせているのか
雲が空を笑わせているのか
わからないまま猫は昼寝をしている

冬と星の中間《あわい》に位置する白黒《モノクロ》の映画館に降る雪
画面にあらわれる字幕をぼんやりと追いながら
ほんとうは何も語られていないことを理解した
冬の結晶になった瞬間《とき》から消えてゆく生命《いのち》の炎
子供たちはまるい玉をつくって空に投げている

あなたの「生」は誰かによってつくられた造型です
あなたは実際には存在していませんし
安心してくださいし生まれてもいません
あらかじめ設定された場面《シチュエーション》や状況に置かれたただの造型です
あなたの意志で何かをおこなったことは一度もないですよね

魂の空白《ブランク》に盛んに咲いている

睡蓮のある風景
死んだひとの声でそっとつぶやく
(かりそめだよね)
橋の上を歩く幽霊《ゴースト》となぐさめもなく手をつなぐ

あかい血がながれているのに
こんなにガタガタとさむいのはなぜだろう
風景は知らない間に全くちがうものになる
つくられた物語のおぼろな断片《はしくれ》を受け止め
猫たちはうつろな心をぶら下げて帰宅する

（魂《ヒアシンス》の草稿）

ホロビルカモシレナイ
アシタニハイナクナッテイルカモシレナイ
ダレニワカルトイウノダロウ
イノチノオワリヲミオクルコトハデキナイケレド
ダレモガイマヲイキテイル

切り離されてゆく
車輛にひとり残されているしょぼくれた犬が
透明になるためのたべものをあじわっている
これまでの旅について神様にたずねられると
彼はついに何もこたえることができなかった

老いたフラミンゴ
自らの死の過程《プロセス》を丁寧に描く記録映画《ドキュメンタリー》を撮っている
意味の解像度《生命に字幕をつけるような》を上げ過ぎないように注意をはらって
「なるようになる」と書かれた作品の構想《プロット》に忠実に
死んだ仲間たちに語りかけるように自身を記録する

限られた時の中で「生」を要約したがるいきもの
永遠に生きることを想像することなんてできない
鏡の前で自分の表情をはっきりと思い出せなくて
辞書のような雲が世界に陰翳《かげ》をつくるのを見送る
「雨ガ降ルデショウ」とビニール製の傘が告げる

暗い曇天の下で「窩《あな》」をじっと見つめていると
いきものはおかしいくらいにおそろしくなって
街では深さについて誰も語ることがなくなった
死者たちの声《ひゅうひゅうひゅうひゅう》が冥府からとどいてくるようです
生きていることを忘れて全身が死へと急行する

（さみしさがなくなればいい）

世界が休息する時刻《とき》
記憶をうしなった一羽のカモメが灰色《あわい》の空を飛んでいる
時計の針がどの数字を指しても動物を刺しても驚かない
あなたは過去・現在・未来のどの位置にいるのでしょう
あなたの居場所《実在としての》を知らせるのは彼方から寄せる波の幻影《まぼろし》

末期癌の猫
誕生して以来諧謔《ユーモア》を絶やさないように生きてきた
既に死んだ友に手紙を書くように生涯を書き記す
完成を望むことなく光の文字を暗闇に刻んでゆく
そして「喀血は生きている証明《あかし》だよね」と微笑む

突然開始され

突然終了する
希望も絶望も入りこむ余地がないほど完璧な時間
ベルのような音が響くといつもからだが強張った
空白を耕しつづけて言葉もなく衰弱して死ぬ動物

泣きながら不幸をこねる血腥い死者の時間がある
さみしいことを充分にわかっていながら反芻する
つめたい窓の外では燻製の鮭が川をのぼってゆく
次第にこねているものが何かよくわからなくなる
すべてが無意味になった時に死んだひとが笑った

（われわれは決して光で充満することはないだろう）

老いたいきものが空の彼方までのびる梯子をのぼってゆく時刻《とき》
「これは虚構《うそ》です」と云う一行から神様は脚本《シナリオ》を書きはじめる
（無事に生まれてくることができますように）
圧倒的な余白に目を凝らしながら語り手《ナレーター》の鳥は喉をととのえる
曇天からスルスルと糸につるされた悲愴な猫たちがおりてくる

顔もなく背中をおされるように学校に入学して
ぼんやりと黒板の色合いを確かめているうちに
得体の知れないものと机をならべて齢をとった
（最後は自分を焼却炉に抛って燃やすんだよ）
骨が焦げる頃には無事にあなたは卒業している

犬を吐き出した犬が光を求めてさまよう街の闘技場《リング》

自分を殴り倒した後に犬はふるえながら判定《ジャッジ》を待つ
生き延びることもあればその場で果てることもある
死んだ後でも時間は相変わらず正確にながれていて
すべてが透明な夜に犬は魂を削って詩を書いている

死んで焼かれて埋葬された後に残るものは何だろう
生きることが作業になってしまった世界で暮らして
死んだことを受け入れることもできずに死んでいる
すがたかたちもわからなくなって何もはかどらない
うしなったからだをひきずりながらどこまでも歩く

（魂の中身が何もないことは生まれる前に授業で聞いておりました）

銀河の終着駅《ターミナル》
風や森や宇宙のできごとそこで語られていることを描写《スケッチ》する猫
見ている風景を言葉に丁寧に翻訳しながらずっと生きてきました
わたしの知らない誰かがわたしと等しい言葉を所有してくれたら
このおこないに光が当てられるような気持ちになれると思います

「五分前ってほんとうですか？」
猫はこの世界からもうすぐ退場《さよなら》するのだろう
最初で最期の体験に向けての準備をすすめる
神様の脚本《シナリオ》にはいつも整合性が少し足りない
もうすぐ懐かしい訪問客がここにやってくる

心象風景を懸命に言葉に翻訳している皆様

珈琲一杯分の孤独と仲良くなって親しんで
やがてなじんでとけこんでかるくなったら
頭を空っぽにして街角を歩いてみませんか
時間のながれがあなたの呼吸に寄り添うよ

いつの日かあなたは雨として
この世界に帰還するでしょう
そして約束をいたしましょう
あなたの短い「生」のために
ちいさなお墓をつくることを

（あなたの水面に笹舟を浮かべて）

時間はフェルトのようにやわらかくあなたをくるむ
気まぐれな列車はいつのまにか船へと変わっている
おわることの恐怖で眠れないいきものへのなぐさめ
羊たちが一周して「おやすみ」と猫たちにささやく
そして船は行く

さようなら
さようなら
ここから先は通過した駅に戻ることができない
ここから先は愛する者に触れることができない
死があなたの中で静かにおわる

おわることのおそろしさについて

まともな話をしようとしているのだけれど
おわることのおそろしさについて
まともな話をしようとしているのだけれど
いきものの涙があなたをながれてゆくばかりです

「海になりましたか？」

未明の感情をたずさえて
ドルフィンに挨拶をする
船上の猫は明日へ向かう
無内容が詰まった旅行鞄《カバン》
救済を求める影などない

そして混沌が降ってくる
いやな天気である

（結末としての草稿）

「猫」と云うトンネルに入る前に
あなたは考えなければならない
今あなたが考えていることは
どれもくだらないことで
気にすることなど何ひとつない
そのトンネルに入ってしまうと
何もかもくだらないことだと
はっきりとわかる
「生」への執着も
炭酸のように抜けてしまって
何もない青空のような時間が
雲も所有しないほどに
自由に
謙虚に
音もたてず

そして
おだやかに
ただ静かに晴れわたってゆく
それをあなたは見送るだけでいい
何もない
世界は素朴な造型である
たたずんでいるだけで
あなたは満たされるだろう
それだけで充分である
くだらないけれど
いとおしく
はなれずにはいられない
奇跡的なつらなりに身をまかせて
どこにでもある
くだらなさを徹底的に愛でよう
やがて
かけがえのない光があつまって

いきものは自然に手をつなぐ
晴れわたった空の下で
世界は今日も無事に奏でられている
時間そのもののメロディーが
時計の奥から
ゆっくりと聞こえてくる
白ウサギはもう眠ってしまった
この時間をあなたは生きている
猫たちが
ぼんやりあくびをしている
誰にでも
時間がながれていて
触れ合うものはすべて等しい
希望も絶望もほろびた土地で
深い闇もあなたの一部である
そこに落ちている
あなたによって書かれたあなたへの手紙

そしてまた光
そこを歩いて行けるのであれば……

「猫《ねこ》」と云《い》うトンネル

著者　松本秀文《まつもとひでふみ》
装幀　中島　浩
発行者　小田久郎
発行所　株式会社思潮社
〒一六二―〇八四二　東京都新宿区市谷砂土原町三―十五
電話　〇三―三二六七―八一五三（営業）・八一四一（編集）
FAX　〇三―三二六七―八一四二
印刷所　三報社印刷株式会社
製本所　小高製本工業株式会社
発行日　二〇一七年十月二十五日